AF384785

NOTICE

ANECDOTICO-BIBLIOGRAPHIQUE

SUR LE

GAMIANI

D'ALFRED DE MUSSET

Précédée de sa BIOGRAPHIE *et suivie d'un extrait des*

MÉMOIRES DE CÉLESTE MOGADOR

par

PH. J. G. B., BIBLIOPHILE

PARIS

GAILLARD ET LEGAY, ÉDITEURS

113, RUE DE RICHELIEU, 113

MVIIILXXIV

NOTICE ANECDOTIQUE

SUR

GAMIANI

QUI HABET AURES AUDIENDI, AUDIAT. — *Une rectification*. Voici quelques lignes que nous écrit un honorable bibliophile français :

« .... N'oubliez pas, dans la notice bibliographique que, dans
» votre étude, vous consacrerez, sans doute, à *Gamiani*, de faire
» remarquer l'ignorance, la légèreté et le sans-gêne avec lesquels ce
» sujet est traité dans un très-mauvais ouvrage, dont l'auteur vou-
» drait pourtant se faire considérer modestement comme un Brunet...
» au petit pied. Cet ouvrage est une espèce de Dictionnaire-Cata-
» logue, s'intitulant orgueilleusement et sans rire : *Bibliographie, etc.*,
» et dont l'auteur serait un certain C. d'I........ Cette production
» indigeste, sans esprit ni critique, allongée en 6 volumes in-12, mal
» imprimés, presque illisibles, a vu péniblement le jour de 1871 à
» 1875, dans différentes localités italiennes. Pourquoi ces nom-
» breuses pérégrinations ?..... C'est le secret de polichinelle du
» C. d'I.......

» Ce pauvre ouvrage, qui aurait pu se condenser en un léger vo-
» lume, n'est rempli que d'articles insignifiants, de titres de comédies
» et de romans modernes égrillards, servilement copiés sur tous les
» catalogues de librairie. Il n'y a de remarquable que les louanges à
» la gasconne, que s'adresse le C. d'I.... chaque fois qu'il rencontre,
» un livre auquel il a coopéré comme imprimeur ou éditeur.... no-
» minal. Rien n'est sérieux dans cette œuvre, véritable fatras d'inep-
» ties, d'erreurs, d'oublis, de négligences, malgré que son auteur ait
» l'air, dans sa Préface, d'étayer son ignorance des noms de quelques
» bibliophiles connus, qui doivent être peu satisfaits de se trouver en
» semblable bagarre.

» C'est ainsi qu'à l'article *Gamiani*, ce forban de l'édition admi-
» nistre audacieusement aux lecteurs, certaine notice et certains soi-
» disant renseignements qui sont faux et mensongers d'un bout à
» l'autre. Le C. d'I....... n'aurait-il composé cet article que dans
» le but unique de *gasconner* une édition qu'il avait donnée à Lu-
» cerne (Bruxelles) et qui, sous tous les rapports, est bien la plus
» mauvaise qui soit jamais parue ?

» Vous voyez par là quelle confiance doit inspirer cette fameuse
» Bibliographie, qui ne se vend guère que..... 75 francs !!!.....

» Et pourtant la Notice du *Gamiani* est la mieux faite, tandis que
» les Notices concernant les ouvrages les plus connus, fourmillent d'er-
» reurs les plus grossières. Bref enfin, c'est un ouvrage à refaire. »

Alf^d de Musset

C'était, dans la nuit brune
Sur le clocher jauni
    La Lune
Comme un point sur un 1

Alf. de Musset

NOTICE

ANECDOTICO-BIBLIOGRAPHIQUE

SUR LE

GAMIANI

D'ALFRED DE MUSSET

Précédée de sa Biographie *et suivie d'un extrait des* Mémoires de Céleste Mogador

PAR

PH. J. G. B., BIBLIOPHILE

PARIS

GAILLARD & LEGAY, ÉDITEURS

113, RUE DE RICHELIEU, 113

MVIIILXXIV

TIRAGE

Cent cinquante exemplaires sur papier fort, dont cinq exemplaires sur papier de Chine.

Cette Notice est indispensable à toutes les différentes éditions du GAMIANI.

Marseille. Typ. LEIRAC, rue des Olives.

NOTICE BIOGRAPHIQUE

———

Louis-Charles-Alfred de Musset naquit à Paris le
11 novembre 1810, et mourut dans la même ville le
1er mai 1857. Fils de Musset-Pathay, littérateur bien
connu, frère de Paul de Musset, son aîné de quelques
années et qui devait être un écrivain distingué,
Alfred fut élevé dans le culte des lettres. Il fit de
brillantes études au collége Henri IV, où il eut pour
condisciple le duc de Chartres, mort depuis, duc
d'Orléans. En 1827, il remporta un prix de philoso-
phie au grand concours. On voit que si la philoso-
phie manqua plus tard à sa vie, ce ne fut point par
l'ignorance.

Alfred de Musset oublia vite ses dissertations de
collége, et cédant à son talent pour la poésie, il se
mit à versifier dès dix-huit ans. Lié d'abord avec les
poëtes de la seconde période, groupe mystique
connu alors sous le nom de *Cénacle*, il lança, après
quelques vers à la manière de Casimir Delavigne,

des pastiches d'André Chénier, des chansons espagnoles d'une heureuse turbulence, chauffées au large soleil des *Orientales*. Les petites compositions à la Mérimée le tentèrent aussi. Un Mathurin Regnier lui ouvrit une copieuse veine de style franc qu'il versa sans tarder dans la Scène du corps de garde, et du Cabaret borgne de *Don Paez*. Puis Shakspeare et Byron le saisirent, et ce dernier ne le quitta plus. Entre ces deux divins maîtres, Crébillon fils se glissa par ses jolies fantaisies libertines, et en 1829, il en vint à admirer et à préconiser les vers de Voltaire.

Dès 1830 commença pour lui, ou se continua avec plus d'abandon, une existence que la biographie doit toucher avec une extrême réserve, bien qu'il en ait souvent entretenu le public. Sa nature ardente, délicate et fragile ne résista pas aux séductions des sens, et pourtant l'âme du poëte se montra partagée entre l'attrait du plaisir et la colère contre la volupté impure et meurtrière.

Sa poésie est navrante et parfois sublime ; c'est alors qu'il s'écrie :

Ah ! malheur à celui qui laisse la débauche
Planter le premier clou sous sa mamelle gauche.

C'est alors qu'il lança *Rolla*, cette œuvre magnifique, admirable de poésie, sinistre de licence, fraîche et éclatante de couleurs, couleurs dignes de l'Éden, appliquées à des objets équivoques, impurs. Le cœur de Musset était envahi par la débauche ; chez ce candide corrupteur, l'amour mourait au contact du vice. Nous étions en 1833.

C'est en 1833 que commença entre l'auteur de *Rolla* et la femme célèbre, connue sous le pseudonyme de Georges Sand, une liaison qui devait être la grande, l'unique passion de sa vie, et qui plus tard, donna lieu à deux regrettables publications : *Elle et Lui* de Georges Sand; *Lui et Elle* de Paul de Musset. L'auteur de *Namouna* et Mme Sand, voyagèrent en Italie dans l'hiver de 1833-1834, et s'arrêtèrent à Venise. Là, Alfred de Musset fut atteint d'une fièvre cérébrale qui mit ses jours en danger.

A peiné convalescent, il quitta Venise... mais seul. Pourquoi? La chronique scandaleuse de l'époque a raconté bien des choses.

Quoi qu'il en soit sur les motifs réels de cette séparation, dix ans plus tard, dans des vers à son frère, revenant d'Italie, il lui demandait s'il avait trouvé « *son pauvre cœur resté à Venise.* » Les souvenirs de cet amour gardèrent pour lui un charme qu'il subissait encore, même lorsqu'il semblait le maudire. C'est pour se soustraire à cette obsession qu'il rechercha de grossières distractions ; aussi ne se fit-on pas faute de rejeter sur sa maîtresse, la responsabilité des tristes faiblesses des dernières années du poëte ; ce dernier pourtant avait déjà tant donné aux sens, qu'on est en droit de se demander si cette passion, même malheureuse, pouvait avoir sur lui une influence corruptrice.

Bientôt, vers 1837, l'auteur de *Rolla* trahit un peu de lassitude ; il quitta la poésie, la comédie pour le récit en prose. Son talent ne baissait pas, mais ses productions annonçaient la fatigue (1839). L'incomparable poëte de la jeunesse était déjà à trente ans « un jeune homme d'un bien beau passé. » Nul ne le sentait mieux que lui, quand il disait :

J'ai perdu ma force et ma vie...

Quand on est arrivé à ce point de découragement, il ne reste plus qu'à mourir ; on ne passe guère l'âge de Raphaël, de Mozart et de la divine Malibran. La mort ne vint pas aussi vite qu'il le souhaitait. Les

œuvres toujours aimables, mais débiles de son pré-
.oce déclin, étaient toujours recherchées, applaudies.

L'académie française l'accueillait en 1852. La place
de bibliothécaire au ministère de l'intérieur, qu'il
possédait sous Louis-Philippe. que 1848 lui avait
enlevée, lui était rendue sous l'Empire. Tout semblait devoir lui assurer le repos et la considération
lorsqu'il mourut subitement, dans la nuit du 1er mai
1857, d'une maladie de cœur.

Il est encore trop tôt, peut-être, pour porter un
jugement définitif sur ce poëte si aimé, si admiré du
public choisi. Cependant il est permis de penser que
l'avenir lui assignera une des premières places, parmi
les poëtes du dix-neuvième siècle. Aucun de ses
contemporains ne l'a surpassé pour la spontanéité du
génie poétique, pour l'ardente et sincère expression
de la passion, pour la vivacité, la grâce et l'éclat de
l'esprit; aucun ne représente plus fidèlement que lui
cette disposition troublée, cette inquiétude des âmes,
cette ardeur des sens, ce mélange de scepticisme et
d'aspirations érotico-religieuses qui caractérisent
notre époque.

Finissons enfin, notre rapide travail, par ce tou-
chant hommage que lui a rendu l'illustre Lamartine,
qui méconnût pourtant le poëte vivant :

« O Musset !...... Les juvénilités de ta vie et de tes
» vers, les gracieuses mollesses de ta nature ne m'au-
» raient pas écarté de toi, si je t'avais connu plutôt,
» au contraire; il y a des faiblesses qui sont un at-
» trait de plus, parce qu'elles mêlent quelque chose
» de tendre, de compatissant, d'indulgent à l'amitié,
» et qu'elles semblent inviter notre main à soutenir
» ce qui chancelle et à relever ce qui tombe. »

Ph. J. G. B, bibliophile.

NOTICE ANECDOTIQUE

BIBLIOGRAPHICO-LITTÉRAIRE

Quelque temps après la révolution de 1830, une dizaine de jeunes gens, pour la plupart destinés à devenir célèbres dans les lettres, la médecine ou le barreau, se trouvaient réunis dans un des plus brillants restaurants du Palais-Royal. Les débris d'un splendide souper et le nombre des flacons vides témoignaient en faveur du robuste estomac, et partant, de la gaieté des convives.

On était arrivé au dessert, et tout en faisant pétiller le champagne, on avait épuisé la conversation sur la politique d'abord, et ensuite sur les mille sujets à l'ordre du jour de cette époque. La littérature devait nécessairement avoir son tour. Après avoir passé en revue les divers genres d'ouvrages qui, depuis l'antiquité, ont tour à tour été l'objet d'une admiration plus

ou moins passagère, on en vint à parler du genre érotique. Il y avait là ample matière à discourir. Aussi
depuis les *Pastorales de Longus* jusqu'aux cruautés
luxurieuses du *marquis de Sade*, depuis les *Epi-
grammes de Martial* et les *Satires de Juvénal* jusqu'aux *Sonnets de l'Arétin,* tout fut passé en revue.

Après avoir comparé la liberté d'expression de
Martial, Properce, Horace, Juvénal, Térence, en un
mot des auteurs latins, avec la gêne que s'étaient
imposée les divers écrivains érotiques français, quel-
qu'un fut amené à dire qu'il était impossible d'écrire
un ouvrage de ce genre sans appeler les choses par
leur nom ; l'exemple de Lafontaine était une excep-
tion, que d'ailleurs, la poésie française admettait ces
sortes de réticences et savait même, par la finesse et
une heureuse tournure des phrases, s'en créer un
charme de plus ; mais qu'en prose on ne pourrait
rien produire de passionné ni d'attrayant.

Un jeune homme, qui jusqu'alors s'était contenté
d'écouter la conversation d'un air rêveur, sembla
s'éveiller à ces derniers mots, et prenant la parole :
— Messieurs, dit-il, si vous consentez à nous réunir
de nouveau ici, dans trois jours, j'espère vous con-
vaincre qu'il est facile de produire un ouvrage de haut
goût, sans employer les grossièretés qu'on a coutume
d'appeler des naïvetés chez nos bons aïeux, tels que
Rabelais, Brantôme, Béroalde de Verville, Bonaven-
ture Desperriers, et tant d'autres, chez lesquels l'esprit gaulois brillerait d'un éclat tout aussi vif s'il
était débarrassé des mots orduriers qui salissent
notre vieux langage.

La proposition fut acceptée par acclamation, et

trois jours après, notre jeune auteur apporta le manuscrit de l'ouvrage que nous présentons aux amateurs.

Chacun des assistants voulut en posséder une copie, et l'indiscrétion de l'un d'eux permit à un éditeur étranger de l'imprimer en 1833, dans le format in-4° (petit in-folio) et orné de grandes gravures coloriées.

Cette édition, très-incorrecte, fut suivie d'une seconde en 1835, sous la rubrique de Venise : l'exécution typographique et la correction de celle-ci, laissaient encore beaucoup à désirer. En voici le titre : *Gamiani, ou deux nuits d'excès*, par Alcide, baron de M***. A Venise, chez tous les marchands de nouveautés : Venise, 1835 ; un vol. in-18 de 105 pages, enlaidi de 13 gravures abominables.

Ces deux éditions sont devenues introuvables.

Sauf de légères incorrections dues à l'inexpérience d'un génie essayant ses ailes, chacun pourra reconnaître, en lisant ce charmant ouvrage, cette muse sympathique et gracieuse qui, pendant vingt ans, a fait les délices des gens de goût, et dont le génie est encore regretté tous les jours.

Notre jeune auteur — et pourquoi ne pas le nommer, le lecteur déjà l'a reconnu, ce brillant génie, qui avait nom Alfred de Musset — eut le rare bonheur de laisser sa virginité à une femme, plus digne que beaucoup d'autres, de cueillir la fleur de sa jeunesse ; mais malheureusement cette femme possédait, comme toutes les autres, un léger quartier de la pomme d'Ève, de sorte qu'elle le trompa : c'était son métier de femme, mais notre poëte, à qui toute impression donnait des spasmes, en garda la blessure saignante pendant tout le temps de sa courte existence ; il voulut oublier : d'abord débauché par dépit, il devint libertin par goût, parce qu'il commençait à penser que le libertinage seul ne trompait pas ; il eut beau faire, il eut beau chercher l'oubli dans le poison français (1), il fut moissonné dans sa jeunesse par le souvenir de la première femme qu'il avait toujours aimée, de cette grisette devenue infâme et infime courtisane, dont le cœur sec se riait du mal qu'elle causait.

C'est à la suite de cet abandon qu'il composa les strophes suivantes :

Chantez, chantez encor, rêveurs mélancoliques,
Vos doucereux amours et vos beautés mystiques
    Qui baissent les deux yeux ;
Des paroles du cœur vantez-nous la puissance,
Et la virginité des robes d'innocence,
    Et les premiers aveux.

Ce qu'il me faut à moi, c'est la brutale orgie,
La brune courtisane à la lèvre rougie
    Qui se pâme et se tord ;
Qui s'enlace à vos bras, dans sa fougueuse ivresse,
Qui laisse ses cheveux se dérouler en tresse,
    Vous étreint et vous mord !

C'est une femme ardente autant qu'une Espagnole,
Dont les transports d'amour rendent la tête folle

(1) L'absinthe.

Et font craquer le lit;
C'est une passion forte comme une fièvre,
Une lèvre de feu qui s'attache à ma lèvre
Pendant toute une nuit!

C'est une cuisse blanche à la mienne enlacée,
Une lèvre de feu d'où jaillit la pensée;
Ce sont surtout deux seins
Fruits d'amour arrondis par une main divine,
Qui tous deux à la fois vibrent sur la poitrine,
Qu'on prend à pleines mains !

Eh bien! venez encor me vanter vos pucelles
Avec leurs regards froids, avec leurs tailles frêles,
Frêles comme un roseau;
Qui n'osent du doigt vous toucher, ni rien dire,
Qui n'osent regarder et craignent de sourire,
Ne boivent que de l'eau!

Non! vous ne valez pas, ô tendre jeune fille
Au teint frais et si pur caché sous la mantille,
Et dans le blanc satin
Les femmes du grand ton. En tout tant que vous êtes,
Non! vous ne valez pas, ô mes femmes honnêtes
Un amour de *catin!*

A l'époque de la publication de cet ouvrage, des gens de lettres très-sérieux et à même de ne point se tromper, ont prétendu que l'illustre romancière contemporaine, qui écrit sous le nom de *** ***, avait collaboré avec Alfred de Musset à la rédaction de ce roman de *haut goût.* Nous ne sommes guère

còmpétent pour nous poser en juge de cette attri-
bution ; si pourtant, nous en référant à ce que l'on
ajoute à ce sujet (cette dame avait la passion de
l'amour lesbien), nous ne serions pas taxé de témé-
rité en accordant un certain degré de foi à cette allé-
gation. Voici d'ailleurs ce que nous lisons à cet égard
dans le *Chàssepot* (A), pamphlet qui a paru à Londres,
in-16, en 1868, et que nous avons également vu relaté
dans *Paris sous le Bas-Empire*, Londres, in-18,
p. 53 (B).

» Il y avait, en 1848, une certaine dame, ...,
fort connue dans le monde galant, qui avait la manie
de se vêtir en homme. Elle avait l'habitude d'aller
chaque soir chez Madame Henry, rue Richelieu, qui
tenait une pépinière de jolies femmes. Elle s'y rendait
avec autant d'ardeur que jadis Messaline au quartier
des Esquilies.

» La plus coupable d'entre ces deux femmes n'est
certes pas Messaline. Que voulait l'épouse de Claude ?
Du plaisir. Que cherchait-elle ? De la volupté. Ce que
voulait notre chère dame était bien différent. Comme
toutes les filles de Lesbie, elle aimait les fleurs, et,
comme elles, elle préférait certains endroits pour les
cueillir. Elle allait dans ce lupanar en faire une
ample moisson ; puis, quand elle avait de ses lèvres
humides, effeuillé les roses flétries que portent à leur
ceinture les filles de joie, elle partait heureuse et
contente.

» Tous les romantiques du temps se rappellent
qu'elle fut surnommée le colonel des tribades, et que
depuis ce titre lui est resté.

» Aujourd'hui cette vieille dame écrit des romans

où elle prêche la morale, car, grâce à ses amis, elle est devenue une des étoiles de la littérature ; en un mot, elle est une célébrité.

‹ » Elle est d'ailleurs une des actrices du *Gamiani*, ce livre aux scènes tribadiques dont l'auteur est Lui,

. . . . »

Mais il est temps d'aborder la partie bibliographique de cet ouvrage. Voici les éditions qui en ont été faites depuis son apparition.

Gamiani ou Deux nuits d'excès, par Alcide, baron de M***. *Bruxelles*, 1833, in-4° (petit in-folio) avec 8 figures, qui ont été attribuées à Horace Vernet et à Dévéria. Le texte et les figures sont lithographiés. C'est la première édition, presque introuvable.

Idem. *Venise*, chez les marchands de nouveautés, 1835, in-18 de 105 pages, avec 13 figures libres, très-mal faites. C'est la seconde édition, également devenue d'une excessive rareté.

Les frères G***, de Paris, qui aujourd'hui... mais alors... ont fait successivement deux éditions, sur papier ordinaire, avec figures.

L'éditeur parisien T... en fit ensuite une réimpression, qui se rencontre rarement aujourd'hui.

Le libraire Bar..., de Paris, produisit, sous la rubrique *Amsterdam*, MDCCCXL, une édition in-12, de 123 pages, papier vergé grisâtre, tirée à 250 exemplaires avec 8 figures au trait, laissant énormément à désirer sous le rapport du dessin et de l'exécution.

Un pauvre diable d'éditeur parisien, très-connu, successivement réfugié en Belgique, en Suisse et en Italie, par suite des *malheurs du temps*... eut pourtant le loisir, lors de son passage rapide à

Bruxelles, d'en donner également une édition in-18, sur papier vergé, sans figure, tirée à 100 exemplaires. Hélas ! la Belgique perdit trop tôt cet estimable citoyen, qui un beau jour s'éclipsa fortuitement et transporta ses pénates vagabondes à Genève ! (C.)

Presqu'en même temps, en 186..., le sieur Poulet-Malassis, ex-libraire parisien, réfugié aussi en Belgique, en donna une très-jolie édition, in-18, de 141 pages, tirée sur papier vergé, agrémentée de 4 figures et d'un frontispice, faussement attribués à F. Rops, et ce, au prix de 24 francs.

Un peu plus tard, un ex-commis-libraire de Paris, nommé A*** L***, réfugié également en Belgique, (l'asphalte parisien lui brûlant, paraît-il, les pieds,) fit paraître, conjointement avec son associé, un sieur Br**, imprimeur à Bruxelles, une édition soi-disant populaire, ou ordinaire, tirée sur papier vélin commun, ayant également 141 pages, illustrée des 4 figures identiques à celles de l'édition précédente, au prix de 12 francs. L'ancien nom d'auteur, *Alcide baron de M****, avait disparu pour être remplacé par les lettres initiales : *A D M*. De plus, cette édition est imprimée en caractères ordinaires, très-communs, qui la défigurent. Sous ces deux rapports, on peut faire le même reproche à l'édition précédente.

Il y a quelques années, il avait paru, en Belgique, une édition in-12, imprimée sur papier ordinaire, avec tantôt 12, 13, 15 ou 16 mauvais dessins lithographiés, laidement enluminés et probablement destinée au colportage moralisateur. Un autre ouvrage érotique, dont nous avons oublié le titre, était bravement joint à cette édition.

Elle fut suivie d'une autre édition, in-16, format carré, tirée sur papier vélin, avec quinze dessins lithographiques, un peu mieux exécutée que la précédente, et se présentant dans le monde, cette fois, sans accompagnement.

. Ce livre est tellement connu, tellement demandé, que toutes les différentes éditions se sont épuisées en très-peu de temps, sans que ces nombreuses réimpressions aient pu encore assouvir la curiosité du public et des amateurs pour ce livre charmant, comme tout ce qu'a fait Alfred de Musset.

De là, l'excessive rareté de ce curieux ouvrage ; c'est surtout ce qui a fortement engagé l'éditeur de la *Bibliothèque de Paphos*, à mettre au jour une édition nouvelle et digne de l'auteur. Les sept jolies gravures, dont un frontispice, qui ornent cette dernière édition, sont dues au crayon d'un artiste célèbre et des plus distingués, le spirituel Félicien Rops. A l'aide d'un sacrifice assez onéreux, on est parvenu à se procurer une des copies manuscrites, prises par les amis du jeune et infortuné poëte, à la suite du souper dont nous avons parlé précédemment, et, par un bonheur tout exceptionnel, on y trouva jointes quelques strophes de la jeunesse de l'auteur, que l'éditeur s'empressa de publier en même temps comme une véritable bonne fortune pour le lecteur. Rien ne fut oublié pour faire de ce livre une édition correcte et complète sous tous les rapports, à laquelle on eut soin de restituer l'ancien titre : *Gamiani ou deux nuits d'excès*, par *Alcide, baron de M****. Bruxelles, MDCCCXXXIII—1871, in-18, papier vergé, de VIII—116 pages, orné d'un frontispice et de 6 jolies gravures, et tiré à 150 exemplaires, dont un seul sur peau de vélin.

Bref, une excellente Notice anecdotique, bibliographico-littéraire, jointe à un curieux extrait des Mémoires de Céleste Mogador, concernant certains rapports de cette ex-courtisane avec l'auteur *absinthé*, font de cette édition, dont le prix n'est, croyons-pous, que de 16 francs, la meilleure et la plus complète qui soit encore parue jusqu'à ce jour.

Ph. J. G. B.

NOTES.

(A.) Le Chassepot. *Londres*, Jeffs, 1869. in-16, papier vergé, publié au prix de 5 francs.

(B.) Paris sous le bas-Empire. Notes inédites par Lambert, élève posthume de Saint-Simon et de Tallemant des Réaulx. *Londres*, 1871, in-18, avec la Clef des noms; papier vergé, publié au prix de 5 francs.

(C) Cette édition est la plus mauvaise qu'il existe. (Lucerne, 1864.) Personne n'ignore que cet éditeur ultra-nomade habita successivement Paris, Bruxelles, Genève, Turin, Nice et San-Rémo, villes dans lesquelles il publia quantité de choses bonnes et mauvaises, dont la plupart sont assez recherchées.

EXTRAIT DES MÉMOIRES

DE LA

COMTESSE DE CHABRILLAN

(CÉLESTE MOGADOR)

« Pendant mon séjour dans la maison où j'étais, j'eus l'occasion d'exercer mes dispositions belliqueuses à l'encontre d'un homme dont la gloire, bien qu'elle soit belle, suffit à peine à faire oublier les mœurs (1).

Il va sans dire que je ne le nommerai pas ; mais, si quelques personnes le reconnaissent, j'aurai la conscience bien tranquille : ce sera de sa faute plus que de la mienne. Je n'éprouve aucun embarras à parler de mes relations avec lui, car, ainsi qu'on va le voir, l'histoire de nos amours n'est pas un échange de tendresses vénales, mais une suite rapide de violences, de querelles et de mauvais tours.

La première fois que je le vis, — c'était, je crois, le lendemain du jour où nous avions été à la Chau-

---

(1) Alfred de Musset.

mière, et j'étais d'assez mauvaise humeur, — il me fit une impression que j'aurais peine à rendre. On me demanda. Je suivis Fanny dans le petit salon. Il y avait un homme assis près de la cheminée et qui me tournait le dos. Il ne prit pas la peine de me regarder. Ses cheveux étaient blonds. Il était mince et me parut d'une taille ordinaire.

Je m'avançai un peu : ses mains étaient blanches et maigres ; il battait la mesure avec ses doigts sur son genou. Je me plaçai en face de lui : il leva les yeux sur moi. C'était un spectre plutôt qu'un homme. Je contemplai cette ruine prématurée, car il paraissait à peine avoir trente ans, malgré les rides qui sillonnaient son visage. — D'où viens-tu donc ? me dit-il, comme s'il sortait d'un rêve. Je ne te connais pas ! Je ne répondis rien. Il se mit à jurer.

— Répondras-tu, quand je te fais l'honneur de te parler ?

Je devins rouge et je lui dis :

— Est-ce que je vous demande qui vous êtes et d'où vous sortez ? Ai-je besoin d'un état de services pour me présenter devant vous ? Je vous préviens que je n'en ai pas.

Il continua à me regarder avec son air hébété.

Je me dirigeai du côté de la porte.

— Reste là, me dit-il, je le veux !

Je n'en entendis pas davantage et je sortis.

Je courus raconter à la grosse femme ce qui venait de se passer. Elle haussa les épaules et me dit que j'avais eu tort ; que ce monsieur était son meilleur ami ; qu'elle voulait qu'on le traitât bien ; qu'il venait quelquefois passer huit jours de suite chez elle, que d'ailleurs il se recommandait de lui-même, et que c'était un des plus grands littérateurs du siècle.

— Cet homme-là ! fis-je étonnée.
— Cet homme-là.
— Eh bien ! alors, je lui conseille d'écrire moins bien et de parler mieux.

Denise était là. Elle se pencha à mon oreille et me dit tout bas : — Elle en est entichée, parce qu'il a beaucoup d'argent; mais c'est un vilain homme, brutal, malhonnête et toujours ivre. Je plains celles qui ont le malheur de lui plaire.

Un violent coup de sonnette fit trembler la maison.

C'était mon ennemi qui se fâchait de ce que je l'avais laissé seul.
— N'y retourne pas, me dit Denise.
— Au contraire, lui répondis-je en regardant la grosse femme ironiquement. Je ne suis pas fâchée de voir de près un grand génie. Il y a toujours à gagner dans la société des gens d'esprit.

Je rentrai dans le petit salon.

— Ah! te voilà revenue, me dit-il. Dans cette maison tout le monde m'obéit. Tu feras comme les autres.
— Peut-être.
— Il n'y a pas de peut-être, et, pour commencer, je veux que tu boives avec moi !

Il sonna; Fanny accourut.

— A boire ! dit-il.

Elle revint avec trois bouteilles et deux verres.

— Voyons, que veux-tu? Veux-tu du rhum, de l'eau-de-vie ou de l'absinthe ?
— Je vous remercie ; je n'aime que l'eau rougie, et, dans ce moment, je n'ai pas soif.
— Qu'est-ce que cela me fait? je veux que tu boives?
— Non ! lui répondis-je résolûment.

Il jura comme un templier, et ayant rempli son verre d'absinthe, il l'avala d'un trait :

— A toi, maintenant, bois ou je te bats !

Il remplit deux verres et m'en apporta un en chancelant. Je le regardai s'avancer vers moi, un peu effrayée de sa menace, mais bien décidée à ne pas céder.

Je pris tranquillement le verre qu'il m'offrait et je jetai le contenu dans la cheminée

— Oh ! dit-il en me prenant la main et en me faisant tourner sur moi-même, mais sans me faire de mal, tu es désobéissante, tant mieux ! J'aime autant cela...

Il prit une poignée de louis dans une de ses mains, un verre plein dans l'autre :

— Bois, me répéta-t-il, et je te les donnerai.
— Je ne boirai pas.
— Oh ! dit-il en riant et en se courbant un peu sur lui-même, quel beau caractère ! Inaccessible à la peur comme à l'intérêt ! C'est égal, tu me plais comme cela. Viens t'asseoir avec moi sur ce canapé et conte-moi ton histoire.

Je m'assis sans rien répondre.

— Tu as été, n'est-il pas vrai, malheureuse et persécutée ? Je parie que, comme tes compagnes, tu es au moins la fille d'un général. Sois franche, mon caractère te plaît-il ?
— Il me déplaît affreusement.
— Eh bien ! tu n'es pas comme les autres. Elles sont toutes folles de moi ; elles le disent du moins. Mais que veux-tu ? On n'est pas maître de ses sympathies, je ne peux pas les souffrir, tandis que toi, tu me sembles originale et tu me plais. Prends cet or ! Tu ne l'as pas gagné ! Je te le donne ; laisse-moi ; va-t'en !

Je me hâtai de profiter de la permission. En sortant,

je le regardai et je vis qu'il se versait un verre d'eau-de-vie.

Denise m'attendait à la porte.

— J'avais peur pour toi, me dit-elle ; il paraît que, quand on le contrarie, il frappe, et j'étais venue, au besoin, pour te porter secours.

Je la remerciai en souriant. Dans ce moment je ne tenais guère à la vie, et s'il m'avait frappée pour le plaisir de me torturer, de m'humilier, je crois qu'il aurait couru plus de danger que moi. Je l'avais tant rebuté qu'il ne pouvait plus se passer de moi. Il venait me voir deux ou trois fois par jour. Il avait comme des moments de folie, où il me disait des choses infâmes sans motif. Cela m'exaspérait. Je déclarai que je ne voulais plus descendre près de lui. On me fit sentir brutalement que je ne m'appartenais pas. Je commençais à prendre la grosse femme en horreur. Je descendis la tête montée, et, sans attendre qu'il m'adressât la parole, je m'écriai :

— Que me voulez-vous ? Pourquoi tenez-vous à me voir ? Votre vue ne m'inspire que du dégoût. Si c'est dans vos nuits d'orgie que vous faites ces belles choses que j'ai lues ce matin, je vous plains, car le lendemain vous ne devez plus reconnaître l'auteur, et c'est dommage ! Il vous sied bien de mépriser les femmes et de vous faire leur détracteur ! Vous êtes moins qu'un débauché. Vous n'êtes qu'un ivrogne ! Si vous avez à vous plaindre d'une femme, ce n'est pas une raison pour détester les autres. Vous avez peut-être raison de nous mépriser, mais alors laissez-nous tranquilles !

J'étais un peu inquiète de l'effet de cette fougueuse harangue, dont il avait écouté le commencement en me regardant avec des yeux effarés. Mais j'eus bientôt lieu de me rassurer, car, lorsque j'eus fini, je m'aperçus qu'il s'était endormi dans le fauteuil...

Je sortis sur la pointe du pied.

Il paraît qu'il ne m'avait pas tenu rancune, car le
lendemain il vint demander la permission de m'em-
mener dîner avec lui. Madame se hâta de dire oui,
sans me consulter. Je cherchai à me rassurer en pen-
sant qu'il gardait ses excentricités grossières pour
l'intérieur de la maison, mais qu'au dehors il se res-
pectait davantage et que le libertin sans pudeur fai-
sait place à l'homme de goût, à l'homme éminent. Il
vint me chercher à six heures et me conduisit au
Rocher de Cancale. J'étais vêtue très-simplement,
avec une robe et un chapeau que je mettais pour la
première fois. Ma toilette me plaisait ; je me sentais
un peu moins triste, peut-être parce que, pour la
seconde fois, j'étais sortie de cette odieuse maison.
Dans les premiers moments, je n'eus pas trop à me
plaindre de lui, sauf quelques plaisanteries de mauvais goût, peu généreuses dans tous les cas, que je
réprimai de mon mieux. Le garçon qui nous servait
apporta une bouteille d'eau de seltz.

On pourrait donner à deviner en mille l'idée folle
qui passa par la tête de l'homme singulier qui m'avait
choisie comme victime de ses caprices. Il prit le
siphon d'eau de seltz comme s'il voulait se verser à
boire, et, dirigeant l'orifice de mon côté, il m'inonda
de la tête aux pieds. Il y a des conditions d'âge et des
dispositions d'esprit où cela aurait pu être accepté
comme une mauvaise farce. Mais j'étais si malheureuse, que ce prétendu accès de folie m'exaspéra. Je
versai un torrent de larmes ; mes larmes étaient des
larmes de rage. Plus je pleurais, plus il riait... » (1).

Voilà ce qu'était devenu l'homme qui a
écrit *Gamiani!* Alfred de Musset, ce pauvre
fou de génie !

FIN.

---

(1) Mes adieux au monde.